그 말 한마디

그 말 한마디

최 희 준 시 집

도서출판 봄

차 례

제1부   순천의 정원

제2부 그 말 한마디

제3부 동백꽃

제4부 청소부 아저씨

제5부 아버지의 등

제1부

순천의 정원

순천의 정원

파아란 하늘 아래
평온한 들녘자락으로
자연이 우르르 모여들고
묵은 등걸에 세월까지 담아

태초의 신비로
오늘을 열어
잔치를 베푼다

정겨운 이들의
폭포수 같은 열정이
여기 이곳에 머물러
낙원이다

세상의 아름다움이
시가 된 걸까
시가 정원이 된 걸까

사람들의 꿈이 무지개 빛으로
무럭무럭 자라나는 이곳에서

세계가 여기 모여
축제보다 흥거운
열락의 시를 쓴다

숲 속을 거닐며

숲 속을 걷는다
꽃 피고 새순 돋고
생동하는 기운들

베어진 마른 소나무
진한 향기 풍기고

새 나무 바위는
조화롭고 아름답네

세상이 급해도
살아갈 날 헤아리며
느긋하게 걸으라 하네

꽃처럼 나무처럼
사랑하며 살라 하네

소나무

겨울 지나
잔설이 남아 있는 산

언덕 위
우뚝 서 있는
저 소나무

뿌리는 더 깊게
표피는 더 두텁게
속살은 더 단단하게

북풍한설에도
푸른 그 마음

동천의 겨울

들풀 파릇한 천변

수양버들 늘어진
쭉 뻗은 산책로

민들레는
꽃씨를 한 아름 머금고

나무 위 새들은 지저귀고

오리 물닭은 川에서
정답게 노닌다

건강한 동천의 겨울

순간

햇볕의 빗살
얼굴을 비칠 때
순간
꽃이 피고

한 줄기 바람
마음을 스칠 때
순간
꽃이 지네

봄

푸른 제비
하늘을 날면
아직은 기쁨이다

만산에
단비 내리면
아직은 축복이다

들녘에
농부 땀 흘리면
아직은 사랑이다

햇살 가득
아이들 뛰놀면
아직은 희망이다

노 시인이
시를 쓰면
아직은 진실이다

순수

달이 차면 기운다
죄악이 차도 기운다
새로운 도가 생긴다

세상은 "악하다" 하고
세상은 "선하다" 하고
"사람 마음에 달렸다"고도 한다

자연은 말이 없다
세상을 뒤로 한 채
산으로 들어간다

맑은 계곡
신선한 공기
순수로 들어간다
피안으로 나아간다

바위

산길을 걷는다
비가 내린다

계곡의 바위
물이 넘친다

자연의 변화에도
흔들림 없다

폭풍우를 견디며

자연과 교우하며
오직 한 모습

이겨내는
그 우직함

나무

사철 푸른 잎
곧은 마음

눈 비 내려도
꿋꿋한

바람 구름 하늘
대화하는 순수

물 한 병
가벼운 배낭

언제 찾아가도
반겨 주는

그 자리
변함없는 나무

나무2

하 세월
태양을 견디며

너만의 모양
너만의 색상
너만의 향기
너만의 생각
너만의 품격

강철 같은
우주의 심폐
청빈한 삶

산

산에 가면
건강에 좋다고 하네요
몸도 마음도 튼튼해진다고 하네요

청정한 공기가 있어
들숨날숨이 고르고
머리도 맑아진다 하네요
비우는 지혜도 배운다고 하네요

평길을 걸으면 편안하고
비탈길은 힘들다고 하네요
오르는 길은 숨이 가프다고 하네요

도시로 나와 헬스를 하고
달리기를 해도 건강에 유익하지만
아름다운 산 길 보다는 못하다고 하네요

평길을 오래 걸으면 허리에 부담 되나
허리 구부리고 고개 숙여 비탈길 오르면

허리에도 다리에도 좋다고 하네요
겸손한 마음도 배워진다고 하네요

평길이 좋다지만
비탈길도 좋다고 하네요
순탄한 길 좋다지만
오르는 길도 싫다고 않는답니다

오르는 건 도전이라 하네요
오르는 건 인생이라 하네요
도전하는 인생이 아름답다고 하네요

산2

山頂의
신선한 아침

그대가 최고라고
말해 주고 싶은데

자주 찾아가고 싶다고
말해 주고 싶은데

쉬운 말도 아닌
흔한 말도 아닌

하고픈 말
연습이 필요하다고 하는데

산3

정상에서
하늘을 올려다 본다
눈부시게 청정하다

산 아래를 내려다 본다
부패도 부스러기도 없는
세상이 한눈에

가슴을 활짝 펴니
마음이 풍족하다

하늘 공기 대기
영성의 근원

나무 동물 사람
살 찌우는
태양 구름 바람 비

바람

꽃과 나무와 새

그 중 제일 예쁜 이
누구냐고 묻는다면
그들을 사랑하는
바람이라고 말하렵니다

하늘은 파랗고
바다는 검푸는데

해와 달과 별

그 중 제일 예쁜 이
누구냐고 묻는다면
그들을 사랑하는
바람이라고 말하렵니다

세월은 강물처럼 흐르고
가을은 산 너머 깊어 가는데

해와 달과 별

그 중 제일 예쁜 이
누구냐고 묻는다면
계절처럼 들꽃처럼
그들을 사랑하는
바람이라고 말하렵니다

결실의 계절

인생의 황금기
결실의 계절

들녘 오곡은 풍성하게 익어 가는데
세상은 저만치
나는 몽환 속에 살았다

청춘은 지나갔다
결실도 없이

인생의 황금기
50대의 시여

그 많던 상아는 어디로 갔을까

몇 편의 시

가을 나무 앙상하다
가난한 시
가지에 매달려 있다

밥도 술도
바꾸지 못하는
몇 편의 시

푸른 숲

맑은 공기가 필요해
휴식도 필요해

썩은 것들은 잘라내고
새로운 것들로 채워야 해

푸른 숲을 가꿔야 해

가난한 풍요

산과 들을 걷는다
가난한 여행을 한다

환경에 적응하고
끊임없이 전진한다

생의 에너지가 그렇듯
긍정에 노출시킨다
자연에 노출시킨다

가까운 곳 여행을 한다
가난한 밥 한 끼로
즐거운 여행을 한다

자연에서 사랑을 배운다
삶을 배운다
자연에서 진리가 걸어 나온다

동굴

동굴에 불빛이 비추면
등불이 밝혀지면
어둠에서 벗어난 줄 알았는데
그곳에서 나온 줄 알았는데

터널을 지나 불빛을 따라
이편에서 저편까지
강물에서 달까지
지구에서 행성 B612까지
가는 줄 알았는데

세상은 찬란한 광명인데
최신 삼성휴대폰 갤럭시s4가 잘 팔리고
서울—부산 3시간 고속철이 나오고
로켓은 우주로 날아가는데

우리들 비밀이란 없고
백화점엔 없는 게 없고
공장에서는 못 만드는 게 없고

못 가는 곳 없고
못 할 일이 없고
못생긴 사람이 없고

가난한 3대 부자 3대
옛 유산으로 기록될 것이고
한 번 부자 영원한 부자이고
글로벌 기업은 대대손손 유구하다

성공 위에 성공 있고
문화 위에 문화 있고
가치 위에 가치 있고
평화 위에 평화 있고

내일은 내일의 동굴
미래는 미래의 동굴

내 마음이 네 마음
네 마음이 내 마음

그대를 미워하면
내 마음도 미워지고

그대를 사랑하면
내 마음도 사랑이 샘 솟는다

그대의 검은 마음 바라보면
내 마음도 검게 물들고

그대의 하얀 마음 바라보면
내 마음도 하얗게 물든다

그대 마음속 검은 나비 바라보면
내 마음 검은 나비 되어 날고

그대 마음속 하얀 나비 바라보면
내 마음 하얀 나비 되어 춤춘다

내 마음이 네 마음
네 마음이 내 마음

해창만

찔레꽃
흐드러지게 곱디고운 날
모심는 오월의 남쪽 들녘

초록을 물들이며
커다란 원을 그리며 나는 백로의 날개여

자유를 말하려거든
평화를 말하려거든
날아가는 백로를 보라

푸르도다
아침의 햇살이여
찬란한 이슬이여

팔영산 굽이굽이
봉오리 봉오리 마다
구름 한 점 걸리어
머물다 가는 곳

넓은 들판 사이로
푸른 물결 샛강 흐르고
갈대숲 새들 노니는 곳

산 너머 산
작은 섬들

바다는 아침을 열고
기적처럼 새까만 기러기떼
하늘을 날면
청둥오리, 학의 하이얀 노래까지

잊을래도
잊을 수 없는

꽃이여
푸르름이여
그리움이여

해창만 : 전남 고흥군 포두면에 위치한 간척지

제2부

그 말 한마디

그 사람
-고 노무현 대통령을 그리며

큰 바위 얼굴 같은 그 사람

떠나간 텅 빈 그 자리

소주로도 밥으로도 달랠 수 없는 허기

가눌 수 없는 슬픔

적막한 밤하늘에 빛나는 별 하나

그 말 한마디

"사랑한다"
그 말 한마디

봄이 오고
꽃이 피네

내 마음도
꽃이 피네

가을이라 하네요

아침이 밝아오니
가을이라 하네요

사랑도 미움도
낙엽이라 하네요

오늘 지나면 내일
내일 지나면 모레
금년 지나면 내년

세월도 인생도
가을이라 하네요

우연이 인연 되고
인연이 필연이 되어
사랑이라 하네요

날줄씨줄 얼킴설킴의 타래 속에
추억이 익어간다 하네요

금모래 반짝이던 사랑은
빨간 단풍잎에 새겨두고

못 다한 사랑은 밤하늘 은하수
저 어느 별에
이름을 새겨둔다 하네요

무수한 욕망과 절제 사이
물결 일렁이는 강물이 흐른다 하네요

가을이라 하네요

단풍

파랫뜨에 오색 물감을 풀어 화선지에 그림을 그린다
시월의 빠알간 단풍잎을 그린다

스케치로 밑그림을 그리고 연한 수채화로 초벌색을
칠한다
초벌과 재벌 덧칠과 덧칠 사이에 수많은 바람과
태양과 서리와 인내와 구름과 달과…
밤하늘엔 무수한 별들이 반짝인다

초벌을 칠하고 한참 지나 화선지가 마른 후 덧칠을
할 수 있다
진한 곳은 진하게 중간 빛 연한 빛 명암을 주고 원근
채색 원하는 모양으로 그림을 완성해간다

초벌과 덧칠 사이에는 시간과 공간, 계절이 바뀌어
갔다
덧칠과 덧칠 사이에는 생동과 질풍노도의 봄과 뜨거
운 여름이 지나갔다
아프고 그립고 아름다운 가을이 찾아왔다

단풍잎 하나를 바라본다
투명한 빛 안에 가늘은 실가지들 작은 점들
빠알갛고 아픈 상처들 노오란 정감들
젊은 날의 초록빛 그리움이 화석처럼 남아 있다

단풍잎을 보면서 가을 노래를 불러본다
질곡의 깊은 맛이 우러나는 이난영의 노래를 부른다

어느 아름다운 사랑이 그렇듯 세상에서 가장 멋지고
아름다운 단풍잎을 그려본다

단풍2

나뭇가지 끝에 매달려 있는 단풍
화려한 날도 한 때

너는 떠나야 하고
나는 붙잡고 싶으나

모든 오래된 만남은
이별을 준비해야 한다

단풍3

추억이 찬란하여
아름다운 사랑도
겨울이 찾아오면
함박눈이 내리듯
사푼히 내려놓아야 한다

단풍4

세상을 아름답게 물들이려고
어두운 곳 따듯하게 감싸주려고

은혜 받고 감사하지 못한 마음
감싸주지 못하고, 상처 주는 말들
흐트러진 마음 정갈하게 바꾸려고

낮이면 뜨거운 태양, 밤이면 서리 맞아
서러웁고 슬픔 알아 빨갛게 울었어도
네 마음은 더 예쁘구나

사랑이란 서로에게 희망을 주는 것
누구의 이불이 되어 포근하게 덮어주려고
삭막한 마음 풍요롭게 해 주려고

누구나 한 번 태어나고 한 번 죽는 법
운명은 신의 뜻
"고운 마음으로 살아야 한다"고 가르쳐 주려는 듯

성숙해진다는 건
사랑한다는 건

단풍5

마을 어귀에 단풍이 물들었다
기쁘기만 해서 저렇게 붉게 물들리 있으랴
수용할 줄 알고 비울 줄도 알았으리라

불의에 저항하고 투쟁도 했으리라
추운 밤 노숙하며 촛불도 밝혔으리라
헌신하며 서로를 껴안았으리라

쌓기만 해서 저렇게 예쁘게 물들리 있으랴
빼앗기만 해서 고운 빛 낼 수 있으랴
거리의 군홧발이 저렇게 아름다울 수 있으랴

아프지만 단풍이 아름답다

단풍6

해 놓은 것도 없이, 쌓아놓은 것도 없이
나이만 먹었다

까만 새벽에 일어나
삽과 괭이 잡고
해거름에 귀가했건만

생을 관조할 시간도 없이
겨울은 저만치 와있다

아이들은 어리고 잉잉거리는데
아비소리 제대로 들어야 하는데

처자식 배불리지도 못하고
노부모 공양도 못 해 드렸는데...

단풍7

외로워서 그럴 거야
모자라도 외롭고 넘쳐도 외롭다

맑고 투명한 유리 같아서
어둡고 깊은 웅덩이 같아서
따듯한 봄바람 같아서
반짝이는 별 같아서

어려서는 꿈을 향해
높이 치솟는 버들처럼 푸르고
청춘은 질풍노도로 흔들리고
나이 들면 홀로 빠알간 열매

마음이 텅 비었어도
허접한 것들로는 채울 수 없어
고귀한 것들로 채우려고
아름답게 감춰진 것들 드려내려고
그래서 외로울거야

그때는 몰랐습니다

순수한 눈빛으로 바라보던
그때는 사랑인 줄 몰랐습니다

마음 억누르며 다가오던
그때는 사랑인 줄 몰랐습니다

무심히 마주보던
그때는 사랑인줄 몰랐습니다

살며시 손 잡아 주던
그때는 사랑인 줄 몰랐습니다

그대가 떠난 뒤에 알았습니다

님의 목소리

하늘에서 님의 목소리 들려오니
봄 나뭇가지에 새싹이 돋습니다
새들도 흥이 나서 노래합니다

내 영혼에 님의 목소리 들려오니
하늘 드높고
바닷물결 더욱 푸릅니다
내 영혼도 드높고 푸르기만 합니다

내 마음속에 님의 목소리 들려오니
계곡에 맑은 물 졸졸 흐르고
내 마음에도 맑은 물 졸졸 흐릅니다

상사화

생명이 하나이듯
사랑도 하나라고 하네

꽃이 피면 잎이 지고
잎이 피면 꽃이 지네

만날 수 없으나
진정 꽃이라 한다네
이룰 수 없으나
사랑이라 한다네

바라보는 만큼 보이고
사랑하는 만큼 사랑이 온다고 하나

차안에선 볼 수 없어라
피안에선 보겠지

휴대폰 문자

그대가 보고 싶어 문자를 보낸다
한참 지나도 소식이 없다
또 다시 문자를 보낸다
세번 네번...
아무런 소식이 없다

사랑이 좋은 건 줄 알았는데
불안합니다
사랑이 평안인 줄 알았는데
초조합니다

그대가 보고 싶어 전화를 한다
전화를 안 받는다
또 다시 전화를 한다
낯선 기계음이 들려온다
지금은 전화를 받을 수 없으니...
삐~~

사랑이 행복인 줄 알았는데

사랑이 불행입니다
사랑이 기쁨인 줄 알았는데
사랑이 슬픔입니다

목련

오~메 징한거 잉

어디를 댕겨왔길래
온 몸에 분 바르고
향수 뿌리고 왔다냐

뭇 노총각 가슴 저미는데
홀애비들은 다 어쩌라고 잉

수국꽃 그녀

그녀를 보면 시인이 된다
소박하나 아름답고
화려하나 순수한
그녀는 묘한 매력이 있다

그녀를 보면 말을 건네고 싶고
노래를 부르고 싶다
거울을 보며 머리를 매만지며
옷매무시도 가지런히 한다

하얀색도 우윳빛도 아닌
빛나는 그녀의 마음을
들여다보고 싶다

내 마음을 꺼내 양지바른 곳
너른 바위 위에 펼쳐
무슨 빛깔 인지 보여주고 싶다
하얀 푸른 노랑 빠알간 마음을

그녀를 보면 가수가 된다
그녀 많큼 노래를 잘 하는 이도 없다
바람이 불면 머릿결 휘날리며 노래를 부른다
고운 목소리로 장단 맞춰 꿈이 담긴 노래를 부른다

그녀 마음속 세계를 들여다 본다
그녀를 보면 어린이가 된다
마수에서 어린이로 변한다
말을 잘 듣는 착한 아이가 된다

그녀를 보면 나는 동물에서 사람으로 변한다
그녀의 아름다움과 향기로움에
동물로 남아 있다는 건 더이상 의미가 없다
그녀를 보면 시인이 된다

사랑을 꿈꾼자
- 이기적 사랑

조급한 사랑은 얼마나 이기적 이더냐
설익은 열매는 얼마나 씁쓸하더냐

너는 나에게 바위처럼 변함없기를 원했고
나는 너에게 백옥 같은 순결을 원했으나

우리의 바람은 허무했다
우리의 희망은 낯선 꿈 이었다

비뚤어진 희망은 뱀의 눈을 뜨게 하고
루비콘 강을 건넜다

성급한 사랑은 얼마나 허약하더냐
모래성처럼 허무하더냐

사랑을 꿈 꾼 자
에덴의 꿈은 얼마나 아름다웠더냐
뱀의 유혹은 얼마나 달콤했더냐

조급한 사랑은 얼마나 이기적 이더냐
설익은 열매는 얼마나 씁쓸하더냐

감꽃

꽃이 핀 자리
사랑의 자리

꽃이 진 자리
아픔의 자리

그대와 만난 자리
기쁨의 자리

그대가 떠난 자리
그리움의 자리

동천
- 풀벌레 우는 밤

별도 달도 없는 밤
기타도 음악도 없는 밤
아이스커피 같은 여자도 없는 밤
바람도 한 점 없는 밤
풀벌레만 풀벌레만 울어대는
동천의 무더운 밤

강물은 흐르는데

강물은 흐르는데
강물은 흐느끼는데

외롭다 소리 내어 말하진 않지만
슬프다 소리 내어 말하지 않지만
사랑이란 누구나 가끔은 외로운 것
사랑이란 누구나 가끔은 쓸쓸한 것

강 건너 저편
너에게 가는 배를 탈 수 없음은
너에게 가는 뗏목을 탈 수 없음은

멀고도 가까운
가깝고도 먼
강 건너 저편

외로워도 외롭다
소리 내어 말하지 않음은
쓸쓸해도 쓸쓸하다

소리 내어 말하지 않음은

그대 향한 그리움
강물 되어 흐르기 때문

그대 그리우면
강물은 더 깊게 흐릅니다

그대 그리우면
강물은 더 깊게 웁니다

제3부

동백꽃

동백꽃

지난겨울

흠 없는 이의 속죄

양심의 피는 붉다

겨울 예수

그대는 아름다웠다
단 한사람

험한 길 어디서라도
그의 이름을 불러본다

그의 채찍 맞음으로
어떤 이 나음을 받았고
그의 피 흘림으로
우리가 살게 되었나니

그의 찔림은
우리의 허물 때문이요
그의 상함은
우리의 죄로 인함이니

희생 없이는 생명도 없나니

엽록소는 빛의 피로

식물은 엽록소의 피로
동물은 식물의 피로
사람은 그들의 피로 살았노니

이기는 자
주춧돌이 귀퉁이 돌 되고
귀퉁이 돌이 주춧돌 되리니

어둠은 빛을 알게 하나니

약속한 자
들꽃 이어라

가슴 깊이 불러본다
오직 한 사람

양심적 자유

종교를 가진 사람이
신을 중심으로 사는 것은 정당하다

세상을 사는 사람이
법대로 사는 것은 정당하다

신과 인간 사이
양심 등불을 켜고
법과 양심 사이
자유 물결 일렁이니

나의 무지란
신을 믿는다는 것

나의 무지란
법대로 산다는 것

고해성사

신은 그것을 영원히 용서하지만

사람은 그렇지 않다

사람 마음속에 신이 숨을 수 있을까

속사람

사람이 있다
얼굴도 크기도 모르는 사람이 있다

가끔은 연고 없이 시기하는 사람도 있다
그럴 땐 대가를 지불하려고 생각한다

그러나 속사람은 작고 동그란 모습으로
단호한 음성으로 "안돼" 라고 외치는 사람이다

사람이 있다

생명수

무엇을 먹을까
무엇을 입을까

걱정하지 말라
하셨기에

네 이웃을 네 몸처럼
사랑하라 하셨기에

왼뺨을 때리거든
네 오른뺨도
내어주라 하셨기에

힘겨워도 뜻이려니
기도하던 시절

형이상학
- 성경을 읽으며

육으로 난것은 육이요
영으로 난것은 영이라

살리는 것은 영이요
육은 무익하나니

믿음은 바라는 것들의 실상이요
보이지 않은 것들의 증거니
보이는 것은 보이지 않는 것에 대한 그림자요
보이지 않는 것이 실체라

내가 그리스도 안에
그리스도가 내 안에

길이요
진리요
생명이니

영과 육과 혼이라

그리스도를 맞이 함과 동시에
영혼의 장막도 걷히나니

한 알의 밀알이 땅에 떨어져
어떤 씨앗은 생명이 되고
어떤 씨앗은 죽나니

기도하지 않으면
양심에 화인 입으리니

형이상학2
-빛과 사랑

마음속에 진짜 사랑이 없나 보다
사람에 대한 기대를 하는 걸 보면

반짝이며 빛나는 사랑이 없나 보다
오지 않을 사람을 그리워 하는 걸 보면

영원한 사랑이 없나 보다
낙엽 같은 사랑에 흔들리는 걸 보면

고귀한 사랑을 모르나 보다
지나갈 사랑을 아파하는 걸 보면

진정한 사랑을 모르나 보다
속된 사랑에 눈이 먼 걸 보면

향기

산행을 하며 비탈길을 오른다
이마엔 땀이 나고 목까지 숨이 차다

나뭇잎에선 푸른 바람소리 들려오고
계곡에는 하얀 물보라 구름처럼 피어오른다

산길에서 오고가는 사람들 마주치면
체취도 묻어난다
어떤 이는 풀꽃 향기 묻어난다

옷깃을 스쳐간 사람들 표정을 상상하며
뒤를 돌아본다
세상엔 꽃도 많고 향기도 많다

모두 자녀들 키우고 열심히 살아도 살기 바쁘고
때때로 비바람 맞아도 말 없는 나무처럼

기차처럼 바람을 가르며 달려온 삶
어떤 향기를 풍기며 사는가

스님

산행을 하던 중 오솔길에서 젊은 두 스님과 마주친다
까까머리에 청정하고 온화한 표정 적절히 마른 체구는
승복이 잘 어울린다

스님이 스치고 지나가니 푸른 향기 코끝에 맴돌고
나무들 사이로 발걸음 가볍다
뒷모습을 한참 바라보니 숲속으로 사라진다

나는 아쉬운 마음에 "스님" 하고 불러보고 싶지만
이내, 부른들 무얼 하나! 이미 지나가버린 것을
불러도 대답하지 않을 것을

누구에게도 해를 끼치지 않을 것 같은
아무것도 헛되이 바라지 않을 것 같은
스님은 이미 곧은 나무인 것을
푸른 잎사귀인 것을

수련水蓮

보지 않고
듣지 않고

혼탁해도
독야청정

수도승

도시의 밤거리
비틀거리는 네온사인

기도하지 않으면
장담할 수 없어

굳건히 살아서
꽃도 피워야 해

흙탕물에
물들지 않는 연꽃

법정 스님

스님이 남긴 계시
"맑고 향기롭게"
산에서 세상으로 번지네

책을 내고 유명해지니
사람들 찾아오는 것도
번거롭다며 안락함 뒤로한 채
강원도 산골 오지로 이사를 가셨다

겨울이면 눈이 쌓여 옴짝달싹
못할 곳, 한겨울을 나신다

추위를 이겨내야 꽃이 피는 난초
구름 따라 바람 따라
이산 저산 떠돌다가 머물다가
맑고 향기롭게 꽃피는 삶

법정 스님2
-풍란

스님이 사셨던 송광사 불일암 앞뜰
팔레높시스-풍란
작은 도자기 화분에 거름기 없는 자갈을 자양분 삼아
빨갛고 하얀 꽃을 피웠다

단벌 승복에 채식을 하시며
한 곳에 머무르면 고인 물이 썩듯이 썩는다며
이산 저산 암자를 옮겨 다니신다

사람 발길 뜸한 산골 암자에는
풍란 향기 가득하다

신화
-웅녀

꽃 피고
새 우는 봄

계절도 잊은 채

동굴에서
쑥과 마늘을
먹고 있다

장승

깊은 산 길모퉁이
장승이 서 있다

찬바람 눈보라 쳐도
사천왕처럼 서 있다

누구를 위하여
서 있는 걸까

누구에 의하여
서 있는 걸까

그는 등푸른 사람
가난한 목수의 아들은
아닌지

사람 마음이

마음이 우주와 같아서
하늘을 보면 파랗게 물들고
나무를 보면 나무가 되고
아이를 보면 아이가 되고

마음이 산과 같아서
푸름이 물들고
맑음이 물들어서

부모 형제를 사랑하고
친구와 이웃을 사랑하고

사람과 사람
조상과 조상
영과 영
산과 나무
모두 사랑해야 하는데

엉킴이 없어야 하고

맺힘은 풀어야 하고

굶주림도 헐벗음도 없고
허위의식은 벗고
주체와 자존이 있어야 하는데

시장 보다 자본 보다
삶이 있어야 하는데

권력 보다 힘 보다
진리가 있어야 하는데

생명이, 그 일이 있어 아름답다

한 번 태어나고
한 번 죽는다
우리는 노력하며 산다
고생도 하며 산다

동물도 먹이사슬에
긴장하며 하루를 보낸다
초원의 동물도
숲속의 맹수도 그렇다
곳곳에 적들이 노리고 있다

먹이를 찾아 나선다는 것
고행이 아닐런지
우리는 적과 동침을 하는지도 모른다

부처는 사막을 고행했고
예수는 십자가에서 대속하였다

사람도 고행하게 태어난 존재인지 모른다

산업 현장에서
농촌에서
공장에서
상가에서
땀을 흘린다

그러나
생명은 기쁨
생명은 환희

생명은 밝게 솟아오른 의지
생명은 운명 같은 하늘의 뜻

생명이, 그 일이 있어 아름답다

젊음이란

젊음이란
한 그루 나무라는 걸
예전엔 몰랐습니다
선선한 힘이란 걸
몰랐습니다

젊음이란
활화산 이란 걸
예전엔 몰랐습니다
타오르는 태양이란 걸
몰랐습니다

젊음이란
꿈틀거리는 희망이란 걸
예전엔 몰랐습니다
고귀한 생명이란 걸
몰랐습니다

외로워도 빛나라

외로워서 갈 길 헤매나니
어둠 속을 걷나니
겨울지나 봄이 오고
꽃이 피나니

수렁이 깊을수록 힘겹고
밤이 깊을수록 깜깜하나니
샘이 깊으면 물이 맑고
어둠 후에 새벽은 찬란하니

하늘을 나는 새를 보라
가난한 옷 한 벌 걸치고
가장 가벼운 날갯짓으로
창공을 누비나니

세상이 너의 편이 아닐지라도
너의 우편이 없을지라도
좌절하지 말자

외로워도 빛나라

거울 앞에 서 있는 당신

거울 앞에 서 있는 당신의 얼굴을 보니
참으로 난감하오
살아 있는 모든 것들이
당신으로 인해 쓸쓸해 보이오
생명 있는 아름다운 것들이
당신으로 인해 우울해 보이오
정의 인지 비굴 인지
당신의 마음은 선명히 드러나 보이지 않소만
그 모습을 곧 드러내 보이리라 믿으오
지천명을 넘기면서 세상에서 당신은 무엇이었소
누구에게 한 줌 기쁨이 되어 봤소
자녀 낳고 기르고 열심히 살았다 말하고픈 거라면
그건 누구나 하는 일이라오, 그건
남북은 분단 비정규직 청년실업으로 몸살인데...
거울 앞에 서 있는 당신은 무엇이오
거기 서 있는 당신의 얼굴을 보니
참으로 난감하오

기도

무엇을 먹을까
무엇을 입을까

걱정하지 말라
하셨기에

네 이웃을 네 몸처럼
사랑하라 하셨기에

왼뺨을 때리거든
네 오른뺨도
내어주라 하셨기에

힘겨워도 뜻이려니
기도하던 시절

제4부

청소부 아저씨

청소부 아저씨

눈 내리는 밤 책상에 앉아
가로등 빛 창밖을 보며
힘들었던 지난날을 떠 올린다
눈 쌓인 세상 밖은 훤하다

빗자루를 든 청소부 아저씨는
이른 아침에 출근하여
눈을 치우고 있다

월급이래야 두 사람 합해야 한 사람 치도 안 되는
아저씨는 가끔
딸 셋을 대학까지 공부 마쳤다는 것과
그 중 큰 딸은 여학교 선생을 한다는
자랑 아닌 자랑을 늘어놓곤 한다

그래, 나는 아저씨 말에 맞장구치며
"대단하시네요" 하면
그는 흙 묻은 손길을 쓱 닦으며
함박 웃기도 한다

눈 쌓인,
쓸쓸하지만
아름다운 풍경 속에
지난 날은 묻어두기로 한다

아름다운 시

아름다운 시
쓸 수가 없네

농촌은 죽어가고
농부는 떠나고
숲은 사라지고
새들도 떠나고

책상에 앉아 컴퓨터를 켜면
다이옥신 환경오염 지구온난화
방바닥에 누워 TV를 켜면
외환위기 실업자 대란

우주의 우렁찬 소리
생명을 잉태하고
태초의 신비 옷을 벗고

노을빛 하늘
천년 고목에도

새싹이 돋아나고
꽃이 피어나고

새벽의 호수처럼
맑은 시, 쓸 수가 없네

아름다운 시2

대학 등록금 천만 원
가난한 민초의 한숨 소리
대지를 울리고

일등이 되어야 한다
잘 살게 될 것이다

그러나
대대손손 물려 줄 것은
핵 원자력 마력 뿐

아름다운 시
쓸 수가 없네

꽃 피고 새 우는 동네
꿈을 머금고 활짝 웃는
우리 아이들을 위하여

쓰여져야 한다
아름다운 시

민들레

민들레가 되어 보지 않고서
어느 누가 민들레 씨앗을
가볍다 말할 수 있으랴

민들레2

키 큰 나무는 하늘을 향해
팔을 뻗어 가는데
키 작은 민들레는 옆으로 옆으로 휘날린다
그와 함께라면 더 넓게 더 멀리 날아가리라

어떤 시

전쟁을 하는 것은 야만 행위이다
종교의 칼로 이방인을 치는 것도 야만 행위이다
사랑의 이름으로 오시는 이 믿는 자는 더욱 더

제국주의 강대국은 전쟁을 할 때마다 신을 해석한다
역사를 주관 하시는 신, 인생을 주관 하시는 신
전쟁과 살인과 기아까지도

율법을 따르면 번영을 주겠다던 신을 믿는다면
십자가로 오신 이의 희생의 대가는?

야누스의 두 얼굴
신을 단지 경계의 목적으로만 삼는 사람들

그 후

그 후 나는 神을 보지 못 했네
붉고 화사했던 꽃잎이 떨어지고부터
지난 겨울의 혹독했던 추위에 난초가
일어 죽고부터

그 후 나는 神을 보지 못 했네
길 가던 사람이 강도 만난 이후부터
어느 잎사귀 바람에 흔들리며
떨어지고부터

그 후 나는 神을 보지 못 했네
독수리 떼 썩은 고기 찾아 날고
포로에게 개목걸이 걸어 비웃고 부터

부시 정권 때 미군이 이라크를 침공하여
포로의 목에 개목걸이를 걸어
끌고 다니는 장면을 tv 뉴스를 보며

4대강

국제적 하천 전문가인 독일의 베른하르트 교수가 방한했다
2015년 8월 18일 국회에서 열리는 4대강 국제심포지엄을
앞두고 남한강과 낙동강의 현장을 직접 조사했다

4대강 사업의 모델로 삼았던 곳이 독일의 라인강인데,
독일에서 온 학자의 눈에는 어떻게 비쳐졌을까

4대강 사업이 본격적으로 시작되는 영강과 낙동강 합류
부분에서
베른하르트 교수는 흥분을 감추지 못했다. 현장에 게시된
홍보관의
공사 전후 비교 사진을 보면서 "이런 자연상태의 강을 왜
준설하고
왜 하상보호공을 설치하는 일을 하는지 이해할 수 없다"며
격한 감정을 드러냈다

4대강 사업이 해외 대학의 강의실에서 다루어지고, 그만큼
한국이 국제적으로 더 유명해질 듯 싶다고 한다[녹색연합]

낙동강을 수중 탐색한 기자는 낙동강 속이 무섭다고 한다
sns를 통해 동영상을 보여준다. 강바닥의 뻘이 썩어가고
큰이끼벌레가 생기고 녹조가 만연하여 물이 죽어간다

강이 썩으면 시민들은 먹는 물이 부족하고, 덩달아 거대한
물장사도 나타난다
비가 오면 강 주변 농토에 홍수도 막아내지 못한다
시민단체와 전문가들은 이런 부작용을 예측하고 적극 반대
했지만 이를 거부하고 공사를 강행하였다

중랑천 한강천 청계천은 6—70년대 개발시기에 공장과
가정에서 흘러나온 폐수와 오염물질로 생물이라곤 살 수
없는 하천이 되고 말았다

수십 년이 흐른 후 오염된 강을 되살린다고 그들은 또다시
강을 파헤칠 것이다

청년들

강모33 이모26 등 3명은 인터넷 공동구매
자살약을 사려다 검찰에 잡혔다
향정신성 의약품 p약품
국제특송화물 수입76.22g
검찰은 마약류 거래에 대해 수사를 확대 해
엄정 처벌할 계획이라고 한다

"OECD 국가 가운데 나쁜 통계를 많이 갖고 있는
한국 사회의 처참한 자화상을 들여다보자
자살률 1위, 가계부채 1위, 저임금 노동자비율 1위, 어린이 및
청소년 불행지수 1위, 가장 낮은 최저임금 1위, 국가 채무증
가율 1위, 가장 낮은 공공 사회복지 지출률 1위, 사교육비 지
출률 1위, 저출산율 1위, 학교폭력 1위, 대통령 부정부패 1위,
고등교육 국가지원 낮은 비율 1위, 사회안전망 취약률 1위를
비롯해 다 열거하기 어려울 지경이다."

요즘 청년들은 樂이 없다고 한다

촛불

촛불을 밝힌
두 손엔
탄핵하라!
퇴진하라!

수백 만 남녀노소
밤을 불 태우고 있다

광화문 광장
이순신 장군은
촛불들을 내려다보고 있다

* 한산도가(閑山島歌)

閑山島月明夜上戌樓(한산도월명야상수루)
한산도 달 밝은 밤에 누각에 올라

撫大刀深愁時何處(무대도심수시하처)

큰 칼 옆에 차고 깊은 시름하는 차에

一聲羌笛更添愁(일성강적경첨수)
어디선가 일성호가는 남의 애를 끊는구나

_____

* 이순신 장군의 시조

삶의 희망

부부사이
부자지간
갈등도 있다

자연과 나
나와 이웃
서로 다를 때도 있다

약 음식에도
유익한 균
유해한 균이 있다

그러나
무균에서 사람은
약해지고 무너진다

산다는 건
스스로
희망을 갖는 일이다

경전은

사랑하라 했는데
기도하라 했는데

쌓는데만 혈안이었네
곡간을 채우기만 했네

아이들과 부녀자와 약자는
눈에 들어오지 않았네

경전은 그렇게 가르치지 않았는데

곡간

쥐가 살고 있다

곡간이 비워져 간다
나날이 비워져 간다

한 마리 쥐는
더디게 비우고
많은 쥐는
속도가 빠르다

큰 쥐가 먹으니
작은 쥐도 먹고
열심히 가져다 먹는다

쥐를 잡자

세월호

어른도 아이도 누구라도 슬퍼하고 아파하는데
아픈 시 한편 써지지 않는다
304명 국민과 아이들, 대한민국이 죽어 가는데
3년이 지나도 원인규명도 해결되지도 않았다

"가만히 있으라" 가 아닌
"모두 밖으로 탈출하라" 고 했다면
아니, 그렇게 가만히 있으라 한걸 보면
왜, 왜,왜 묻지 않을 수 없다
진정 구조할 의지가 있었는지....

한 사람 한 생명이 지극히 귀한 존재,
모두 평등하다는 걸 안다면
"가만히 있으라" 그랬을까?
"사람이 곧 하늘" 이란 걸 기억한다면
구조하지 못했을까?

"너희들은 개돼지" 동물
"나는 선민" 이라고 하지 않았던들
그럴 수 있을까

양치기

한진중공업 크레인 85호 김진숙 위원, 그녀는
2011. 11. 01 현재 300일 째 고공에서 산다
배고프면 먹고 뛰노는 넓은 마당도 없고
목마르면 마시는 오아시스도 없는데

태양이 뜨는 여름이 가고
해가 지는 겨울이 왔는데
그의 작은 마당에 푸른 잔디도 없고
오아시스도 없는데

시베리아 처럼 추운 크레인 위
찬바람 밤이슬 내려도
하늘을 지붕 삼아 잠을 자고
땅을 굽어보며
길 잃은 양을 찾는다

양치기 2

크레인 위에서 사계절을 보냈는데
"운전석 앞 바닥에서 잠을 잤다
바람이 부는 날은 몸을 뒤척이다
철판에 부딪혀 온몸에 멍이 들었다
비 오는 날이면 물이 흘려내려
이불이 흠뻑 젖었다
봄이 가장 힘들었는데
봄 안개가 너무 무서웠다
주변이 보이지 않아 죽음의 공포감이 엄습했다
바람이 불 때마다 크레인이 흔들려서 구토를 했다"
노사 타협이 되어서
309일 만에 고공 크레인에서 내려왔다
가장 먹고 싶은 음식이 얼큰한 매운탕 이란다

회색분자

향기롭고 예쁜
가시 달린 붉은 장미

걱정을 나누는 듯
생각을 해 주는 듯

먹음직스럽고
보암직 한

이브의 선악과

배암, 혀를 날름거린다

회색분자2

2016년 1월 종편 TV조선
모 전직교수와 아나운서는 그런다
억울한 일이 얼마나 많은지
소설 "장발장" 주인공은 성당에서 촛대를 훔치고
징역을 살았으며
그와 비슷한 최근에 일어난 실화를 말한다
야간에 분식집에 들어간 밤손님이 라면 2개를 끓여
먹고
현금 2만원과 라면 10개를 훔쳤는데 며칠 후 경찰에
붙잡혔다
너무나 배고파서 훔쳤단다
법원에선 징역 3년을 선고했다

또 비유하여 이르기를 세월호 모 장남은 70억원을
횡령했는데
징역 3년을 선고 받았다
"이 얼마나 억울한 일이겠냐"고 한다

가장 억울한 일로 일제강점 36년과

정신대 위안부 할머니들도 억울하다 한다
징용으로 끌려간 조선 인민들이 지하 100미터까지
파고 석탄을 깨고~~

이스라엘도 억울하다 한다
나치로부터 600만 명이 죽었다 한다
남이장군도 억울하다 한다
27세 나이에 누명을 쓰고 사형 당했다 한다
이순신 장군도 적과 내통했다는 누명을 쓰고
임금의 명에 따라 백의종군 하였다고 한다
그래서 어쩌란 말인가?

세월호는 2014년 4.16일 발생 304명이 수장되어 죽
었다
억울해도 모두 잊고 용서를 말하고픈 것인가
아이들은, 그 부모들은 어쩌라고

경매

시대가 경매를 요구한다
경매물건: 돌싱 남자사람
키: 173cm
나이: 45세
학력: 대졸
직업: 비정규직
연봉: 1700만 원
총재산: 부채 500만 원
자녀: 1남 1여
성격: 온순
건강: 양호, 쓸만함
대금: 500만 원 부터 시작

새봄

갈고
엎고
쳐 내고
씨 뿌리고

그래야
새봄 오지

200은 되어야 한다

청년 평균 임금 130인데
방 한 칸 얻지 못하는데

감사한 마음을 가지면
좋은 일도 생긴다지만

모든 일에 긍정적이면
기쁨도 생긴다지만

긍정이 감사를 낳는다지만
감사가 만족을 낳는다지만

꿈과 희망이 있겠는가
감사와 기쁨이 있겠는가

기본 도리하려면
기본 인간으로 살려면
200은 되어야 한다

200은 되어야 한다 2

청춘들이 떠도는데
꽃잎들이 헤매는데

대학 나와 110, 120
비정규직 야간 알바
총각 처녀 시집 장가를 못 가는데
출산을 못하는데

200인들 시집 장가를 가겠는가
200인들 출산을 하겠는가

노동하여 농사지어
수천만 원 대학 등록금
부모 마음 생각하면
부모 은혜 생각하면

기본 도리하려면
기본 인간으로 살려면

2010.

채식

햇살 따사로운 식물성 아침
안위와 평화를 위해 채식을 한다

양들이 평화롭게 풀을 뜯고
아이들이 꿈꾸는 세상을 위해
웃음꽃 피운다

사자 토끼 어울려
함께 사는 세상을 위해
열락의 노래를 부른다

그러나
탐욕으로 얼룩진 세상
희망이 보이지 않는 세상
채식으로 바꿀 수 있을까

강변의 아침

강물은 바다로 흐르고
꽃은 피고 져도

친구는 멀어져 가고
세상은 변하지 않고

세태의 분노를 보며
용기있는 선인들을 그려본다

비 내리는 강변의 아침
강물을 바라보며
혁명이란 무엇인가를 생각해본다

민족주의

전쟁 후 궁핍과 가난
땟국물 코흘리게

건빵과 사탕을 주면
아이들은 양키 선교사 뒤를
졸졸 따랐다고 한다

밀가루를 수입하여
민초에게 나눠주면
행복해 하던 시절

가을 겨울 지나 새봄
보릿고개 풀죽을 먹을 때도
짚신 고무신 신발이 떨어지고
누더기를 걸쳐도 즐거울 수 있었다
가족이 웃을 수 있었다

"민족" 이라는
희망이 있었기에

추도시
-고 지태환 동지를 보내며

바람은 자유롭고
바위와 풀은 조화로운데

태신처럼 할 일이 많은데
그대가 원하는 세상을 저만치 뒤로 한 채
왜 서둘러 가셨나요

자주 민주 통일을 위해
험난한 파도와 싸우고
어두운 대지 위에 들불로 번지우고
자신은 낮은 곳에서
민중을 위해서는 큰마음으로 살았어요

양과 사슴과 사자가 어울려 함께 뛰놀고
노동자 농민이 잘사는 세상을 원했지요
일하는 사람이 행복한 세상을 원했지요
튼튼한 새싹들이 자라나는 옥토로 가꾸려는
그대는 강철같으나, 따듯한 농부였어요

옹이 큰 나무가 겨울밤을 달궈주듯
그대는 뜨거운 사람이었어요
바다처럼 넓고 산처럼 맑은 그대는
노동자 농부 어린이의 친구였어요

그대가 꿈꾸었던 나라를
우리는 기억하고 있어요
세상을 향해 무엇을 하려고 했는지
우리는 알고 있어요

이승에서 이루지 못한 꿈
저승에선 반드시 이루시길 빌며
가시는 그곳 비단길로 가소서

꽃잎 꽃잎들

폭풍설한 몰아쳐도
봄을 기다리며

꽃잎 꽃잎들

죽어도 죽어도
낙화가 되려한다면

값 없는 거름이 되지 말고
민중의 거름이 되어라
빛나는 새싹이 되어라

죽어도 살고
영원히 사는
예수가 되어라
석가가 되어라

이순신이 되고
전봉준이 되고

안중근이 되어라

외로운 낙화가 아닌
다시 피는 꽃이 되어라

북풍설한 몰아쳐도
봄을 기다리며

꽃잎 꽃잎들

울보 기자

저기 한 사람이 있다
사람이 울고 있다
사람 아닌 사람 있으랴만,
우는 사람을 보면 왜 감동이 느껴지는 걸까
가슴이 찡해 온다
도심을 탈피하여 숲으로 가는 듯,
전쟁 후 평화 온 듯, 희망을 품는다

나이 50여년 만에 별명하나 얻었는데 "울보기자" 라
고 한다
아무도 하지 않는 취재를 하고, 아무도 하지 않는 보
도를 한다
진실을 보도하면 종북이라고 몰아간다
잘못된 걸 바로 잡고, 거짓을 거짓이라 말 하는데,
그것들을 바로 세워야 우리 아이들이 행복한 세상
을 살아가는데,
국민들은 그런다고 응원을 하는데...

여의도 새누리당사 앞,
권력형 비리 대형사건사고 굵직한 특종으로

여러 번 대한민국을 떠들썩하게 만든
MBC 해직 기자인 그가 나타나자
시민들은 이상호! 이상호! 구호를 외친다
시민들에게 응원과 격려를 받자
그는 어린아이처럼 옷소매로 눈물을 훔친다
별명이 "울보기자"라고 한다

제5부

아버지의 등

매화

꽃봉오리로 피어나
추위에 떨며 한 생을 살아 낸 어머니
부동의 풍경으로 말을 잊은 채
양지바른 곳,
언 몸을 녹이고 있다

꽃이 피기도 전에, 파르르
피를 흘려 보기도 전에, 서러워라
너무나 서러워라
툭툭 끊기는 나뭇가지에
가라앉지 못하고 표류하는 꿈

눈송이처럼 하얀 얼굴 곳곳에
피멍울이 서려 있다

단단한 옹이를 품고 있는 나무
나목처럼 헐벗은 어머니의 삶이
다시 화사한 꽃을 틔우려 한다

떠나간 것들은 봄이면 다시 찾아온다

아버지의 등

산행에 나선다
숲 사이로 돌길 흙길 꼬부랑길
대대손손 뉘라서 이 길 터놨는지

바위는 수천 년 그 자리에
울퉁불퉁 산등성이 걷는 사람들
많은 이들 즐겨 찾고 짓밟고 가지만
산은 말이 없다

아버지는 6.25 전쟁 때 징집되어
미 40사단 2중대 11소대
전방 가칠봉 고지에서 적진을 마주보고 대치했다
야간에는 마을로 내려가 중장년 노무자를 데려와
노역을 시키고, 새벽이면 마을로 데려다 주었다
미군은 아버지에게 그 임무를 맡겼다

그날도 미군은 노무자 호송을 명하고 방공호에서 졸
았다
인민군은 새벽 야음을 틈타 방공호에 수류탄을 던졌다
새벽은 불바다가 되었다

노무자를 인계하고 돌아오니
부대는 사라지고 살아남은 군인도 없었다

골이 깊은 등으로 다져진 근육으로
전역을 한 아버지는 평생을 어촌에서 그물과
삽을 들고 6남매를 키웠다
오늘도 울퉁불퉁 산등성이를 걷고 있다

아버지
—회상

겨울과 봄을 구십 번이 넘도록 보내고
맞이하였을 아버지

하루에 한 번씩 전화를 하신다
"전화 했었느냐?"
날마다 같은 내용으로 전화를 하신다

오늘도 내 휴대폰에선 요란한 벨소리가 울린다

"여보세요!" "아버지세요?" 하면
아버지는 가늘게 늘어진 목소리로
"전화 했었느냐" 하신다

"제가 전화 안했는데요" 하고 나는 바쁜 듯 대답을
하면
아버지는 아쉬운 듯한 목소리로 "오~냐, 알았다" 하
시고
전화를 끊곤하신다

나는 정말 눈치가 없는 모양이다
봄꽃이 다 지기 전에
내일은 아버지를 찾아뵈어야겠다

하늘

하늘이 맑고 높아 보이는 산 중턱
그 산비탈 아래 내 작은 텃밭이 있다

고추 들깨 가지 상추 심고
마음도 심고 땀도 뿌렸다

텃밭 사이로 잡초들 무성하다
뜯고 뽑고 매고 끝없이 자란 잡초
고추 들깨 농사 보다
잡초 농사가 더 빠르겠다

유기농 한다며 농약 안하고 시작한
작은 농사지만 쉽지 않구나

땀을 닦으며 하늘을 올려다 본다
"농사는 힘들다며 농부가 되지말라 하시던"
아버지 음성 들리는 듯하다

하늘이 맑고 높아 보이는 오늘
아버지 그 말씀 이제야 알것다

꽃을 든 아줌마

꽃차가 왔다
작은 트럭에 현수막을 달고
제랴늄, 구문초, 야래향 나무, 다뉴비, 백합
한가득 싣고서

아가씨 아줌마들 꽃을 보려고 몰려든다
집나간 아저씨도 저녁이면 꽃향기를 맡고 들어온다
는 "야래향 나무" 아저씨는 꽃 사세요! 꽃 사세요! 외
친다

이건 이름이 뭐예요? 저건 이름이 뭐예요?
이 꽃은 구문초, 저 꽃은 야래향이라고 해요!

아줌마는 화분 두개를 사들고 간다
꽃화분을 든 아줌마는 방글방글

고운 옷 입고 예쁘게 단장하고
어린 시절 우리 엄니 생각난다

죽은 나무를 위하여

숲 사이로 간간히 메마른 나무, 죽은 고목이 서 있다
딱따구리 한 마리 딱 딱 딱 고목을 쪼고 있다

무성한 잎들은 하늘 높이 솟아 있다
나무는 무성한 잎이 나고 햇빛을 쬐고 크게 자라고
작은 나무를 위하여 그늘을 만들고 바람으로부터 지
켜준다
동물 식물들과 공동체를 이루고, 따듯한 가족애를 느
끼며
행복하게 잘 살 줄 알았다

튼실한 나무도 언젠가 죽는가 보다
아직 어리고 푸른 나무도 때로는 죽는가 보다
어떤 나무는 정원수로 혹은 도시로 뽑혀가기도 한다

작은 새를 위하여 벌레를 내어주고 숲을 위하여 거
름이 되고
사람들의 장작불이 되고
지극히 작은 자를 위하여 "네 몸과 마음을 다해 사랑

하라"는
그 말씀을 알기라도 한 듯
운명을 알기라도 한 듯

죽은 나무여

산다는 것

야근을 하고 집에 돌아온 날 아침
여기저기 널브러져 있는 책 수건 옷가지들
옷걸이에 옷을 걸고 책을 꽂고 청소기를 돌린다
늘어놓은 그릇을 설거지 하고 한 끼를 위해 음식을
만든다
허기로 인함인지 오는지 잠이 부족한 탓인지 피로가
밀려온다
나는 혼자 말로
하휴~ 허리야! 하휴~ 다리야!
인생 살려고 먹는지 먹으려고 사는지
답답한 마음 알아주는 이 없다
이런 중얼거림 이런 투덜댐을....
열여섯 딸아이는 책상에 앉아 컴퓨터에 열중이다
이쁜아! 너는 먹으려고 사니? 살려고 먹니?
아빠가 어렸을 때는 살려고 먹었던 것 같은데
지금은 산다는 게 꼭 먹으려고 태어난 것 같구나
이쁜이는 잠시 주춤거림도 없이
아빠! 나는 살려고 먹은 거 같아!
그래, 그렇겠지
그래야 맞는 거지

조약돌

부모에게 효도하기 어렵듯
부모노릇 하기도 어렵다
잔소리로 사람을 만든게 아니듯
체벌이 좋은 것도 아닐테지

여름 햇살 뜨거워도
폭풍 밀려와 심하게 흔들려도
마음은 굳건하기로 한다
생채기로 아파도 견디기로 한다

팔 멀리 뻗을 수 없는 걸
발걸음 넓게 옮길 수 없는 걸

햇살이 좋아
바람이 좋아
웃기로 한다

할머니

어렸을 적
할머니는 품에 나를 꼭 안아주셨다

머리를 쓰다듬고
등을 어루만져 주셨다

평범한 얼굴에다
착한 일을 안해도
예쁜일을 안해도

잘 한다고
예쁘다고
칭찬을 해 주셨다

할머니
따듯한 그 손길

상추를 보다

아파트 베란다에 상추 몇 포기를 모종했다
잔잎을 뜯어내고 튼튼한 줄기만 남긴 채 상자에 심었다
식물을 가까이에서 자세히 관찰하면 생의 비밀을 엿볼 수
있다
매일 아침 잠에서 깨어나 나는 상추에게 인사 한다
잘 잤니?
예, 아주 잘 잤어요
아침에 눈을 뜨면 햇볕이 따듯하고 기분이 좋아요
그래, 잘 자라줘서 고맙구나
나는 얼굴을 가까이 들이밀고 부드러운 목소리로 말
을 건넨다
하루가 다르게 줄기와 잎에 윤기가 흐른다
고운 흙과 잘 발효된 퇴비를 줘서 일까
줄기는 튼튼하고 잎은 푸르고 검빛이 돈다
태양이 뜨는 아침
상추는 아이처럼 깔깔거리며 즐겁다
매일 아침 너는
옷도 입지 않은 채
화장도 하지 않은 채

알몸으로 나를 대한다
머지않아 더 자라면 저를 뜯어 먹을텐데
아는지 모르는지 싱그럽기만 하다

장미

어린 날

장미꽃잎 아름다웠는데

어른이 되고부터

가시만 남았네

작은 소망

시월이라 말하고 싶다
푸른 그리움으로

영혼은 감처럼 익어가고
강물은 흐르고 흘러

오월의 햇살
그런 사랑이고 싶다

맑은 향기
노래이고 싶다

꽃이 되고 싶다

시들지 않는 영원한
꽃이 되고 싶다

운기의 밥상

가을철 농사가 끝날 무렵
농촌엔 손이 없어 전쟁이다

여덟 살 운기는 학교에 갔다 오면
가방을 얼른 던져 놓고
파리가 덕지덕지 붙은 부엌에서
밥을 비벼먹는다

양푼에 고추장을 듬뿍 넣어
밥상도 없이 김치도 없이
누이와 함께 서서 먹는다

누이와 함께 먹는 밥은
찬이 없어도 꿀맛이다

마당에는 감나무 한그루
강아지는 꼬리를 흔든다

어느 家長

몇 년 전, 외환위기가 있었을 때
어느 가장이 코흘리개 둘을 데리고
SOS 어린이마을 부근을 배회하고 있었다

길을 잃은 사슴 가족은
눈 내리는 겨울바람이 차갑다

7살 딸아이는 장미꽃처럼 활짝 웃다가도
바람이라도 한 번 부는 날이면
시든 꽃처럼 뾰로통이 진통을 한다
피자 사달라며 장난감 사달라며

그래도 괜찮다고, 괜찮다고 다짐도 해 보지만
딸아이의 피아노 소리에 미소도 지어 보고
아들이 즐겨하는 게임도 지켜보지만...

커다란 나무처럼 튼튼한 줄 알았는데
흔들리지 않은 바위인 줄 알았는데

오늘도 가장은 길을 찾아 걷고 있다

국화

늦가을
화려하게 핀 국화
노랑 빨강 커다란 꽃송이

가지는 연약하고
잎은 푸르다

뿌리 궁금하여 흙을 파보니
작고 왜소하다

자식을 위해 헌신하신
부모님 모습을 본다

국화2

쏟아지는 햇빛의 빗살들
알갱이들
보석 같은 은유와 상징들
고도의 지적 메타포
땅 위로 떨어지는 빗방울 음표들
봄 이거나 여름 이거나
더위 이거나 추위 이거나
傲
霜
孤
節

나의 언어

나의 언어는
슬프지 않다

꽃 나무 새

나의 언어는
외롭지 않다

비 바람 구름

나의 언어는
적막한 산
이끼 낀 돌
풀
풀벌레 소리

나의 언어는
가야금 산조

어느 언덕
피어 있는 꽃

별

지리산 노고단의 밤하늘
영롱한 별들

어둠을 뚫고
유성 처럼
쏟아진다

그 맑은 별을 보노라니
부끄럽다
내 얼굴

너의 노력

아침 풀빛은 푸르고
석양 노을은 붉다

세상은 험난하고
마음을 놓지 못한다

그가 외면할 때
너는 행동했고
그가 놀 때
너는 고뇌했고
그가 노래할 때
너는 땀방울 흘렸다

즐거움도 쾌락도 한 순간
힘들어 말라, 부러워 말라

잡초처럼 짓눌렸던
너의 굳은 의지는
다시 일어나 빛나리

너의 노력은 후대의
숨결로 이어지리니

꽃이 나에게

호숫가에 피어 있는 노오란
7개 꽃잎이 한 송이로 된
아기 손톱만큼 작은 꽃

길 가는 나그네여!
그대 내게 눈을 맞추는 이
말을 건네는 이
미소를 짓는 이
노래를 불러 주는 이
향기를 맡는 이도 있다

각자 다른 생각
다른 외모
마음도 다르지만

내가 제일 좋아하는 이는
사랑스러운 말을 하고
서로 눈을 맞추며
노래를 부르며

내 마음이 네 마음
네 마음이 내 마음
이런 마음을 가진 이가 정이 간다

그런 마음엔
어린아이가 살고
꽃향기가 들어있고
음악이 있고
감미로운 숨결이
들어있다

꽃이 나에게

너의 이름

너의 이름으로 인하여
마음이 아프구나

아프지 마라
아가야

이제부터 너의 다른 이름을 불러 주마
너의 진짜 이름을 찾아 주마

고운 이름을 불러주는 이 없어 울었구나
어느 누가 너를
꽃이라고 불러주지 않았구나

자라나는 나무라고, 봄의 풀잎이라고
한 번도 불러주지 않았구나

어린 시절
부모도 형제도 이웃도
너를 총명하고 예쁘다고 했는데

혼란한 순간 모든 이
너의 이름을 잊어 버렸구나

울지마라 아가야
너의 다른 이름을 불러 주마
너의 진짜 이름을 찾아 주마

몽돌

바닷가
맨들 거리는 까만 몽돌

파도 밀려오니
챠르르르

파도 밀려나가니
쟈르르르

구르고 부딪치고
아우성
즐거운 비명

부둥켜안고
서로 함께 하는

너를 바라보니
근심 걱정은
하찮은 것이 되고 말아

십일조

하느님께 바치듯
자녀에게 베풀 듯
부모님께도 했더라면

효자 소리 들었을 텐데
동네방네 소문났을 텐데

때늦은 후회

사진 속 아버지 어머니
웃는 듯 바라보신다

동백꽃 시평

— 시 '동백꽃'에 나타난 화자의 심리 상태

시인 마종필

동백꽃

지난겨울

흠 없는 이의 속죄

양심의 피는 붉다

세상에 흠없는 사람이 있을까? 세상에 죄를 짓지 않고 사는 사람이 있을까? 흠의 영역을 경찰서에 가서 조사 받고, 감옥에 가야하는 경우라 한다면 죄 없는 사람이 많을는지 모르겠다. 하지만 사람들은 흠과 죄의 범위가 구체적인 사안만으로 제한하지 않은 까닭에 여기로부터 자유로울 수 있는 의인은 아무도 없을 성 싶다. 그래서 일찍이 사도 바울은 "세상에 의인은 없나니 하나도 없다"고 선언했던 것이다.

이런 형편인 줄 알면서도 사람은 맹자의 말대로 선한 마음을 가진 존재라 흠이나 죄가 없는 삶을 바란다. 건전한 이성을 가진 사람들에게라야 바랄 수 있는 삶이다. 제비다리가 부러지는 것을 아파하는 사람들은 인생을 흠 없기를 소망한다. 이러한 소박함을 지닌 화자는 시 속에서 속죄를 구하고 보다 나은 청정무구를 바란다. 정신적인 완성과 동화를 추구하고 있으며, 한걸음 더 나아가 완성된 삶에 대한 희망을 품는다.

이러한 바람은 매우 의미 있다고 할 수 있는데, 다음 구에 이어지는 화자의 바람을 보면 더욱 가치 있어 보인다. 비닐하우스와 같이 따뜻하고 편안하고 안락한 환경에서 지켜낸 완전무결한 삶이 아니라 추운 겨울을 지나면서 흠 없음을 간직했기 때문이다.

추운 겨울은 사람을 얼마나 초라하게 만들고, 위축되게 만들고, 따뜻함과 타협하게 만드는가? 그러기에 화자가 지켜낸 겨울은 더 가치 있다.

지난겨울은 얼마나 춥고 험악한 시절인가? 화자가 말한 "지난겨울"은 온난화로 진행된 푸근한 계절을 말하지 않는다. 물리적으로 차갑고 따뜻함의 의미가 아니다. 화자가 표현하자고 한 추위는 시베리아에서 만난 생명을 죽이고 살을 애는듯한 모진 추위에 가깝다. 그러한 험한 추위 속에서도 화자는 흠 없을 추구한다. 그러니 "흠없는" 이라는 말, 여기까지만 다가가도 숙연해지게 만든다. 현자와 같은 심리에서만 할 수 있는 고백이자 바람이다. 그런데 화자는 한 걸음 더 나아간다. 흠이 없음에도 불구하고 또 속죄를 구하고 있다. 성자가 아니라면 할 수 없는 고백이다.

"죽는 날까지 하늘을 우러러 한점 부끄러움이 없기를"라며 눈같이 하얗고 깨끗함을 소원했던 윤동주의 마음과 흡사하다. 도덕적 윤리적으로 완벽한 사람이 구한 속죄의 댓가 그것은 성스러움이자 위대한 스승이다.

이러한 양심을 가진 이의 피는 무슨 색깔일까? 무채색일까? 아니면 무지개 빛깔일까? 속죄를 구한 사람의 빛깔이 이러한 빛깔들과 어울릴 없다고 판단한 화자는 성자에게 어울리는 색깔로 시를 마무리하고 있다. 붉음이다. 붉음은 정열, 호소, 가치, 또 다른 남을 위한 희생이다.

이러한 사람은 "잎새에 이는 바람에도 괴로워" 하는, 즉 타자를 위한 도덕적 완성, 그리고 자기 몸을 대속

물로 내어준 예수그리스도와 같은 마음이다.

  짧은 말로 남을 감동시킨다는 말은 '촌철살인'이다. 이 시야 말로 짧은 언어로 명상을 하게 만들고 감동을 주는 촌철살인의 대표적인 시이며, 상징시 이다. 화려한 수사법이나 비유법을 동원하지 않고 산만하게 글을 늘어뜨리지 않았다.

시인은 생략과 절제를 통해 시의 가치를 높여놓았다. 짧으면서도 많은 의미를 담아낸 시인의 정신세계가 깊어 보인다. 오늘은 좋은 시를 만난 행복한 날이다.

마종필 / 시인

· 국문학, 한문락, 신학, 진로진학상담학을 전공하고 현재 순천매산여자고등학교에서 학생들을 지도하는 교사로 있다.
· 순천문인협회 회원, 동인 강남문학 회원
〈저서〉
· 『풀어서 배우는 한자성어 Ⅰ,Ⅱ』 2권
· 『한자능력검정시험 교재』 5권
· 『선생은 무엇으로 사는가?』
· 『사연이 담긴 시 이야기』 -경향신문 선정 청소년독서논술 지정도서-
· 『언제나 그대 곁에 있겠습니다』
〈작곡〉
· 2013 순천국제정원박람회 성공기원 합창곡 『순천만의 이야기 』 작사, 작곡
· 가곡 『인생의 무게 』 작곡

시인의 말

■

시인의 말

사람은 아름다고 멋있다.
꽃은 예쁘고 향기롭다.
동물은 사랑스럽고 귀엽다.
자연은 위대하고, 우주는 무한하다.
종교는 숭고하다.
아이들은 꿈이 있고, 노동자는 성실하고 정직하다.
이런 세상이 되기를 기대하며,
자연 우주 사물 모든 사람들에게 그 말 한마디
"사랑한다"고 말 할 수 있는 세상이 오기를 바란다.

17세기 이래 프랑스에서는 시는 춤이며, 산문은 걸
음이라고 했다.
춤을 위한 춤을 출 것인가, 사람을 위한 춤을 출 것
인가,
춤을 추는 일은 신나고 멋진 일이다.
자신만의 춤을 추며 한 생을 살아갈 수 있다면 행복
이 아닐까.

나에게 시란 무엇인가?
내면이었다가, 자연이었다가, 종교였다가, 우주였다

가, 현실이었다가,
이러한 관계 속에서 갈등하고 변화하고 나아간다고
생각한다.
시를 쓰면서 또는 춤을 추면서 놓치는 것이 있다면,
그것은 국가 민족 사람에 대한 애정을 빼놓고는 생각
할 수 없는 일이라 생각한다.

시를 쓰는 일이 사물이나 어떤 현상에 대해 자신의
사상이나 생각을 형상화 하는
작업이라고 한다면, 일상에서 보고 느끼고 경험한 일
들을 외면하지 않고, 말하고
표현하고 실천할 수 있는 단계로 나아가 한다고 생
각한다.

미흡한 점 많은 첫 시집이다.
가족과 부모님 영전에 바치고 싶다.

2017년 3월
최희준

그 말 한마디

초판발행 / 2017년 3월 1일

지은이 / 최희준
펴낸이 / 이충현
편집 / 도서출판 봄인포그래픽스
펴낸곳 / 도서출판 봄인포그래픽스
등록 / 2015년 5월 15일
신고번호 / 제2015-000003호
주소 / 전남 순천시 중앙2길 26
전화 / 061-900-9941
팩스 / 061-903-9942

국립중앙도서관 출판예정도서목록(CIP)

그 말 한마디 : 최희준 시집 / 최희준 [지음]. -- [순천] : 봄, 2017
    p.170 ;   cm

ISBN 979-11-960184-1-2 12340 : ₩9000
ISBN 979-11-960184-1-2 (세트) 12340

한국 현대시[韓國現代詩]

811.7-KDC6
895.715-DDC23   CIP2017002991

「이 도서의 국립중앙도서관 출판예정도서목록(CIP)은 서지정보유통지원시스템
홈페이지(http://seoji.nl.go.kr)와 국가자료공동목록시스템(http://www.nl.go.kr/
kolisnet)에서 이용하실 수 있습니다.(CIP제어번호: CIP2017002991)」

* 이 책은 전라남도 '문예진흥기금'을 받았습니다.
* 이 책 내용의 전부 또는 일부를 재사용하려면 반드시 저작권자와
  도서출판 봄인포그래픽스 양측의 동의를 받아야 합니다.